Barbara.

Dieser Befehlston verletzt meine Gefühle.

Barbara.

Dieser Befehlston verletzt meine Gefühle.

Lübbe

Dieser Titel ist auch als E-Book erschienen

Originalausgabe

Textredaktion: Stefan Lutterbüse
Umschlaggestaltung: Massimo Peter
Einband-/Umschlagmotiv: Barbara.
Satz: Helmut Schaffer, Hofheim a. Ts.
Gesetzt aus der Helvetica Neue
Druck und Einband: Christian Theiss GmbH, St. Stefan

Printed in Austria
ISBN 978-3-7857-2541-2

5

Sie finden uns im Internet unter: www.luebbe.de
Bitte beachten Sie auch: www.lesejury.de

Über Barbara ist nicht viel bekannt. Sie setzt sich auf intelligente und humorvolle Weise mit den (Verbots-)Schildern, Werbeplakaten und anderen Hinweisen im öffentlichen Raum auseinander. Sie gibt ihnen Antworten und hinterlässt ihre eigenen Botschaften und zeigt dabei einen enormen Einfallsreichtum. Welche Person hinter Barbara steckt, weiß niemand, auch keiner in unserem Verlag. Barbara legt Wert auf ihre Anonymität und Unabhängigkeit, korrespondiert aber mit der immer neugieriger werdenden Öffentlichkeit über die üblichen sozialen Netzwerke.

Dieses ist das erste Buch, das einen Querschnitt durch Barbaras bisheriges Schaffen zeigt.

Liebe Buchkäuferin, Buchausleiherin oder Buchdiebin,
lieber Buchkäufer, Buchausleiher oder Buchdieb,

der Lübbe Verlag hat mich um ein paar einleitende Worte für dieses Buch gebeten. Da ich nichts von meiner Identität preisgeben kann und will, ist es gar nicht so einfach, ein vernünftiges Vorwort zu schreiben, ohne zu viel zu verraten. Deshalb war meine erste Idee, hundertmal zu schreiben:

»Ich weiß nicht, was ich als Vorwort schreiben soll.
Ich weiß nicht, was ich als Vorwort schreiben soll.
Ich weiß nicht, was ich als Vorwort schreiben soll.«

Allerdings erschien mir das ein wenig zu einfallslos und unpersönlich.
Darum war meine zweite Idee, in sehr großen Buchstaben, quer über die beiden Seiten zu schreiben:

»Ich liebe Dich, liebe Buchkäuferin oder lieber Buchkäufer. Deine Barbara.«

Doch die Bezeichnung »Buchkäufer« reduziert einen Menschen auf das Kaufen eines Buches. Also dachte ich daran, quer über die beiden Seiten zu schreiben:

»Ich liebe Dich, lieber Mensch, der oder die du mein Buch in der Hand hältst. Deine Barbara.«

Nun möchte ich aber doch ein paar persönliche Worte verlieren.

Ich beschäftige mich mit der Flut von Botschaften im öffentlichen Raum. Die meisten davon sind Gebote oder Verbote, viele davon sind negativ und vorwurfsvoll formuliert. Und dann ist da noch die omnipräsente Werbung. In großen Buchstaben werden mit raffinierten Techniken meist lächerliche Inhalte vor allem in die Köpfe von jungen Menschen gepflanzt, und

Prominente halten für eine dicke Stange Geld ihr Gesicht dafür hin. Manche Werbebotschaft ist sogar gesellschaftlich schädlich. Zum Beispiel Werbekampagnen, die den jungen Leuten sagen: Du bist ein Loser, wenn du nicht Marlboro rauchst. »Don't be a maybe.«

Oder wenn Mediamarkt mit einer groß angelegten Kampagne nicht einmal mehr für ein Produkt wirbt, sondern einfach nur fürs unbeschwerte Geldausgeben: »Bei uns bekommt ihr alles auf Raten.« Dass das in seiner Konsequenz zu Verschuldung und immensen Problemen in Familien führt, ist denen völlig egal. Mir aber nicht.

Auch wenn Parteien auf ihren Plakaten mit plumpen Parolen gegen Flüchtlinge hetzen, möchte ich dem etwas entgegensetzen.

Vor einiger Zeit habe ich mich an eine Situation aus meiner Kindheit erinnert. Ich war damals ab und zu mit meinem Opa zusammen spazieren.

Einmal ist er an einer Hauswand stehen geblieben, weil er dort ein kleines, hingemaltes Hakenkreuz gesehen hat. Er nahm sein Stofftaschentuch aus der Hosentasche, hat draufgespuckt und versucht, das Hakenkreuz wegzuwischen, was ihm nicht gelang. Dann hat er mir erklärt, wofür diese Hakenkreuze stehen, welche schrecklichen Dinge unter diesem Symbol geschehen sind.

Als wir das nächste Mal spazieren waren, hatte ich vorher ein Stück Papier eingesteckt, auf das ich eine lachende Sonne gemalt hatte, und als wir wieder an dieser Hauswand vorbeikamen, hab ich das Bild direkt über das Hakenkreuz geklebt, so dass es nicht mehr zu sehen war. Mein Opa hat gelacht, was er sonst nicht so oft machte, und er hat mich gelobt. Das Gefühl, eine wirklich gute Tat vollbracht zu haben, das ging runter wie Öl.

Ab diesem Zeitpunkt hab ich immer wieder Botschaften auf kleinen Zetteln oder Plakaten im öffentlichen Raum angebracht. Nämlich immer dann, wenn etwas genervt hat, beleidigend oder gedankenlos oder einfach so bescheuert war, dass es nicht unkommentiert bleiben sollte. Neben dem sozialkritischen Aspekt meiner Arbeit geht es oft einfach nur um Humor und Freude. Wenn ich es schaffe, mit ein paar Wörtern auf einem Zettel einem Passanten ein Lächeln ins Gesicht zu zaubern, dann macht mich das glücklich. Ich kann mit erhobenem Haupt sagen, dass mir das alles unendlich viel Spaß macht und dass ich stets darauf achte, niemanden persönlich zu beleidigen oder das Eigentum von niemandem zu beschädigen.

Ich danke jedem Menschen, der sich die Zeit nimmt,
sich mit meinen Gedanken und Ideen auseinanderzusetzen,
von ganzem Herzen.

In Liebe, Barbara.

Ich brenne
für euch.
Barbara.

Mein vollständiger Name ist Barbara
Barbara.

Plakate ankleben
verboten
Ich kam,
ich sah,
ich klebte.
Barbara.

EINE KLEINE
NÄCHTLICHE
KUNSTOPERATION
VON
BARBARA.

Hass ist krass.
Liebe ist krasser.
Barbara.

Nimm dir eine Blume.
Gib sie einem Hater.
Barbara.

Trauschein
Automat
Hier
Trauschein
lösen
Barbara.

STILL FALLING...
"Träume nicht dein Leben,
sondern lebe deinen Traum"
ist das Billy-Regal
unter den Lebensmottos.
Barbara.

Papa ade Scheidung tut weh.
Familiengericht
Mama, wo ist Papa?
Barbara.

Karrierechancen
Barbara.

P
Der olitessen-Song:
Ain't no
Parkschein
when she's gone
Barbara.

Bekleben verboten
Strafgesetzbuch § 303
Ich war geboren, um zu kleben
gegen Schilder jener Zeit,
die mir alles verbieten
bis in alle Ewigkeit.
Ich war geboren, um zu kleben
für den einen Augenblick,
an dem ich plötzlich spürte
wie wertvoll Kleben ist.
Barbara. Gräfin von Plakatistan.

Don't worry about a thing,
because
every
LIDL
thing
gonna be alright.
Bob
Barbara

%
Alc
Bob Marley
hätte hier
einen gekifft.
Barbara.

DER SPIEGEL
DER SPIEGEL
Nr. 30 / 21.7.2014
Deutschland € 4,40
Merkels Tagebücher entdeckt
Kapitel 1: Merkel steckt hinter der Straßenkünstlerin „Barbara."
wie sie ihr Doppelleben organisierte +++ ob sie nun zurücktritt
was Jogi Löw damit zu tun hat +++ lesen Sie ab Seite 8
www.spiegel.de
Utta Danella
Stella Termogen
oder Die Versuchungen der Jahre
Deutsch perfekt

Ich bin
deine Mutter.
Bitte sag
das keinem,
Angie.
Barbara.

E T
Hat Problem.
Jetzt auch hier kostenpflichtig nach Hause telefonieren.
Barbara.

Privatsphäre !
Das Abhören von
Fremdkommunikation wird als
Hausfriedensbruch
strafrechtlich verfolgt.
FACCO-KEHL
GBG-Mannheimer Wohnungsbauges. mbH
Barbara.

Kameras
haben hinten
keine Augen. ;-)
Barbara.

Eines Tages werde ich hier
einen Sex-Flashmob
organisieren.
Wenn dann die Polizei kommt,
um zu fragen, was das soll,
werde ich darauf hinweisen,
dass auf diesem Schild
ein Sex-Verbot fehlt.
Barbara.

Kein Wunder,
dass Deutschland
kaum noch
Medaillen gewinnt.
Barbara.

Fußball spielen
verboten
Das ist schön!
Das ist wunderschön!
adidas
adidas
SONY
Bitburger
Coca-Cola
NIVEA
Barbara.

Barbara.

Bekleben verboten
Strafgesetzbuch § 303
Du klebst doch selber, du Lauch.
Barbara.

Atmen
auf eigene
Gefahr!
Barbara.

Einfach
abschalten!
Barbara.

Das Abstellen von
Atommüll in der Nische
ist untersagt!
(Privatgrundstück)
Barbara.

Wegen
Abgasbelästigung
bitte Fahrrad
fahren
Barbara.

Plakate ankleben verboten
Fahrräder abstellen nicht erlaubt!
Als ich dieses Plakat anklebte, musste ich mein Fahrrad hier ganz kurz abstellen. Danach hab ich das Fahrrad gleich wieder mitgenommen. Das Plakat ließ ich allerdings kleben, um dich über diesen Sachverhalt zu informieren. Ehrlichkeit ist mir ein sehr wichtiges Anliegen.
Barbara.
ELECTRO!

Plakatieren
verboten!
·Bei Zuwiderhandlung
kostenpflichtige Entfernung!
Hurra, ich klebe noch!
Barbara.

Enge Verkehrsführung !
Vorsicht bei großen
Geschlechtsteilen.
Barbara.

PENIS
Diesen Quatsch würdige ich mit keinem Kommentar.
Barbara.

Barbara.

MARIA
STATT
SCHARIA
NPD
Mit Hass und Angst
im Reim zu werben,
das klingt doch sehr
nach Goebbels Erben.
Barbara.

Eine Gesellschaft,
in der BEHINDERT,
SCHWUL und
GUTMENSCH
als Schimpfwörter
funktionieren,
hat ein Problem.
Barbara.

SCHWUL IST COOL TOUR 2015
PRÄSENTIERT VON MAJOR MOVEZ
DATE
KÖLN / CHRISTOPHER STREET DAY
SO 05.07.2015
HOCH AUF DEM BUNTEN WAGEN | EINLASS 18 UHR | BEGINN 19 UHR
ADticket
PRINT YOUR TICKET
eventim
Barbara.
WWW.KINGBUSHIDOSHOP.DE
WWW.KINGBUSHIDOSHOP.DE | WWW.ADTICKET.DE

Bekleben verboten
Strafgesetzbuch § 303
Dieser Befehlston verletzt meine Gefühle.
Barbara.

Barbara.
Europa braucht mehr Herz.

Keine Grenze muß
unbedingt
geschlossen sein!
Barbara.

Wenn Glatzen-Hooligans
ihre geschorenen Haare spenden,
damit Salafisten mit mangelndem
Bartwuchs sich daraus
ein Bart-Toupet flechten können,
dann glaube ich an den Weltfrieden.
Barbara.

Odenwald
Apfelmus
Lieber Apfelmus
als Extremismus.
Barbara.

DENK
DOCH
MAL...
UM
DIE
ECKE.

Liebe ist:
Ein hochspannendes
Lebensgefühl
Barbara.

Familiengründung
auf eigene Gefahr
Eltern haften für ihre Kinder
Barbara.

Geschützte
Verkehrs-
führung
Barbara.
BILLY BOY
durex

Dieser Kondomautomat ist so vertrauenswürdig wie die Geschichte vom Klapperstorch.
Barbara.

EINDHOVEN
studentenvereniging
Der Schiller war ein Mann mit Stil,
er dichtete sehr gut und viel.
Doch ist's für manche auch ein Schock,
er war ein geiler Hurenbock.
Mit Geld bezahlt' er damals nicht,
er schrieb den Damen ein Gedicht.
Drum mochten ihn die Herren nicht, und so.
Barbara.

Wer schreitet da
durch Nacht
und Wind?
Die Barbara
und ihr
inneres Kind.
Anmerkung für Bild-Leser:
„Inneres Kind" bedeutet nicht, dass ich schwanger bin.

Oh, Romeo.
Julia, Julia,
lass mir dein Haar
herunter!
Weltliteratur mit Barbara.

Ode an eine Matratze
Die Menschen taten
sich auf dir lieben,
versteckten unter dir
ihr Geld vor Dieben.
Auf dir wurde gestritten,
geliebt und gelacht,
doch was haben sie jetzt
mit dir gemacht?
Weggeschmissen,
nur noch Müll,
erwarte von den Menschen
nicht vüll.
Barbara.

ELVERS
Wieder schwanger?
Tuschelthema bei einer Shop-Eröffnung: Erwartet Jenny Elvers (42, Foto) wieder Nachwuchs? Alle Einzelheiten – Seite 6
Foto: RTN RADIO T/PICTURE ALLIANCE
Freitag, 27. Juni 2014
147/26
0,70 €
4190940000706
50026
Bild
UNABHÄNGIG · ÜBERPARTEILICH
BERLIN-BRANDENBURG
Barbara.

Ich wär so gern
dein Fahrradsattel.
Barbara.

bstellen und anschließe
verboten
Wer das Fahrrad nicht ehrt,
wird gefedert und geteert.
Barbara.

Betreten
des Grundstücks
verboten!
Eltern lieben ihre
Kinder!
Barbara.

GEWINNEN
! TRAURIG, BRUTAL, UNVORSTELLBAR ABER WAHR!
das Ambientcafé mit Flair und Pep.
Wir freuen Uns auf Ihren Besuch.
Wir bitten
unseren Kindern
die Zukunft
freizuhalten
Barbara.

Agentur für Arbeit
ACH,
LECK
MICH
DOCH
AM ARSCH!

Du musst deine
Ausfahrt
freihalten!
Ich muss meine
FREIHEIT
AUSHALTEN

Fahrräder abstellen
verboten
Barbara.

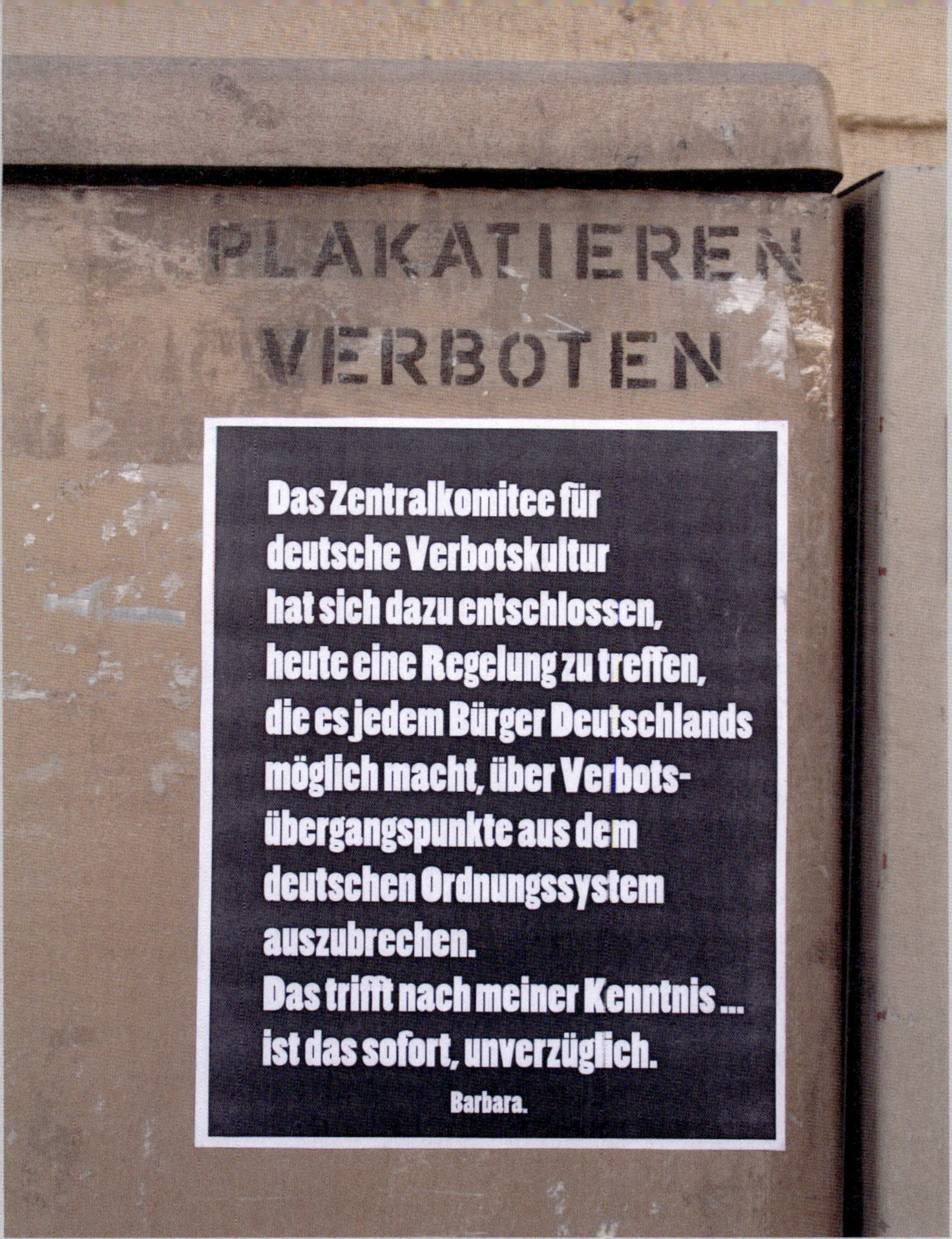
PLAKATIEREN
VERBOTEN
Das Zentralkomitee für
deutsche Verbotskultur
hat sich dazu entschlossen,
heute eine Regelung zu treffen,
die es jedem Bürger Deutschlands
möglich macht, über Verbots-
übergangspunkte aus dem
deutschen Ordnungssystem
auszubrechen.
Das trifft nach meiner Kenntnis ...
ist das sofort, unverzüglich.
Barbara.

Wenn „Facebook“ eine
deutsche Erfindung wäre,
dann gäbe es keinen
„Gefällt mir“-Button,
sondern einen
„Zur Kenntnis genommen“-
Schaltknopf.
Barbara.

Der Samba
der Deutschen
ist die Arbeit.
Barbara.
Mach mit beim
Hyundai Fan Park!
2014
Brasil
HYUNDAI

Die Bahn DB
Raucher gehege
Smoking Humans
Bitte nicht füttern.
please don´t feed.
Barbara.

JCDecaux
EST 1871
364 FREUNDE
NEU
LUCKY STRIKE
ECHT. Luckies
Rauchen kann tödlich sein
Die Offenheit dieser Tabakwerbung,
die den Tod von 360 Freunden
thematisiert,
die an Lungenkrebs starben,
finde ich sehr lobenswert.
Barbara.

Du bist viel schöner, als du denkst.
Deine Barbara.

Was Klaus über Peter sagt,
sagt mehr über Klaus
als über Peter aus.
Barbara.

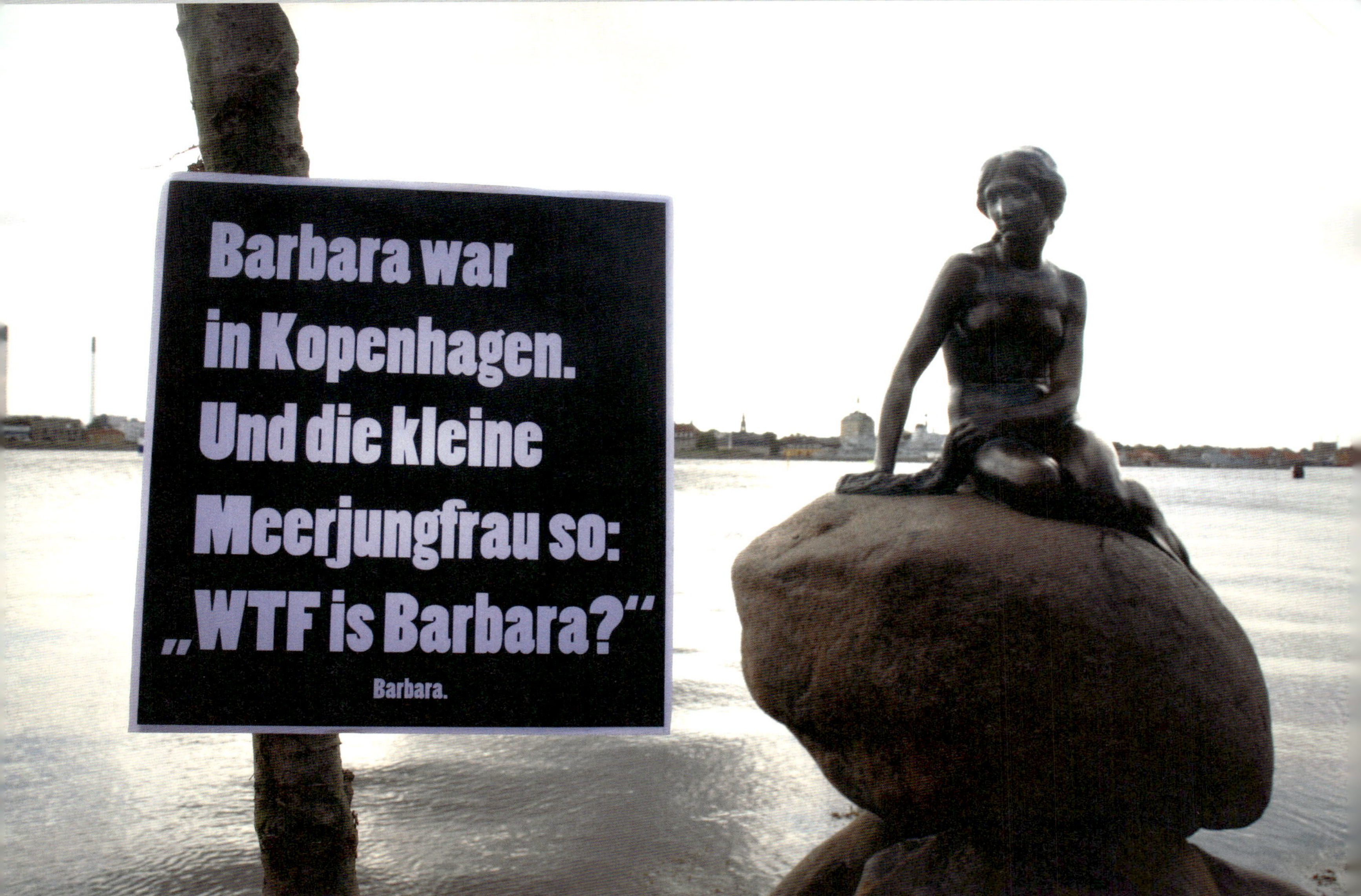
Barbara war
in Kopenhagen.
Und die kleine
Meerjungfrau so:
„WTF is Barbara?“
Barbara.

Opklæbning
forbudt
Sorry,
I don´t
understand.
Barbara.

Der glücklichste Tag
meines Lebens ...
Kommt der noch,
oder war der schon?
Barbara.

DHL
zalando.de
Schuhe online bestellen
zalando.de
Rucke di guh, rucke di guh,
Blut ist im Schuh.
Barbara.

DEICHKIND
Kleine Kinderhände nähen schöne Schuhe,
meine neuen Sneakers sind:
leider geil.
Barbara.

ja!
mit Rind
zarte Stücke
mit Wild, Geflügel + Karo
zarte Stücke
nfutter
30.04.20
BS T2
Rind
NEIN!
Barbara.
KATZENFUTTER WILD GEFL

Katzen lecken sich
gegenseitig das Fell.
Die Fellfarbe ist ihnen
dabei völlig egal.
Barbara.

Rassisten
Tag u. Nacht
Mund halten!
Barbara.

Ich darf mir nicht wünschen, dass Menschen, die gegen Flüchtlinge hetzen, eines Tages selber flüchten müssen.
Ich darf mir nicht wünschen, dass Menschen, die gegen Flüchtlinge hetzen, eines Tages selber flüchten müssen.
Ich darf mir nicht wünschen, dass Menschen, die gegen Flüchtlinge hetzen, eines Tages selber flüchten müssen.
Ich darf mir nicht wünschen, dass Menschen, die gegen Flüchtlinge hetzen, eines Tages selber flüchten müssen.
Ich darf mir nicht wünschen, dass Menschen, die gegen Flüchtlinge hetzen, eines Tages selber flüchten müssen.
Ich darf mir nicht wünschen, dass Menschen, die gegen Flüchtlinge hetzen, eines Tages selber flüchten müssen.
Ich darf mir nicht wünschen, dass Menschen, die gegen Flüchtlinge hetzen, eines Tages selber flüchten müssen.
Ich darf mir nicht wünschen, dass Menschen, die gegen Flüchtlinge hetzen, eines Tages selber flüchten müssen.
Ich darf mir nicht wünschen, dass Menschen, die gegen Flüchtlinge hetzen, eines Tages selber flüchten müssen.
Ich darf mir nicht wünschen, dass Menschen, die gegen Flüchtlinge hetzen, eines Tages selber flüchten müssen.
Ich darf mir nicht wünschen, dass Menschen, die gegen Flüchtlinge hetzen, eines Tages selber flüchten müssen.
Ich darf mir nicht wünschen, dass Menschen, die gegen Flüchtlinge hetzen, eines Tages selber flüchten müssen.
Ich darf mir nicht wünschen, dass Menschen, die gegen Flüchtlinge hetzen, eines Tages selber flüchten müssen.
Ich darf mir nicht wünschen, dass Menschen, die gegen Flüchtlinge hetzen, eines Tages selber flüchten müssen.
Ich darf mir nicht wünschen, dass Menschen, die gegen Flüchtlinge hetzen, eines Tages selber flüchten müssen.
Ich darf mir nicht wünschen, dass Menschen, die gegen Flüchtlinge hetzen, eines Tages selber flüchten müssen.
Ich darf mir nicht wünschen, dass Menschen, die gegen Flüchtlinge hetzen, eines Tages selber flüchten müssen.
Ich darf mir nicht wünschen, dass Menschen, die gegen Flüchtlinge hetzen, eines Tages selber flüchten müssen.
Barbara.

Plakate ankleben
verboten
Sorry,
bin gleich
wieder
weg.
Barbara.

Die Eltern von Claus Kleber
und die von Gundula Gause
haben ganz offensichtlich
einen ähnlichen Humor.
Barbara.

Barbara.

Ich hab mich
neulich
nackt gesehen.
Das war krass.
Barbara.
NIKE

Männer, die einen
sehr langen Penis haben,
müssen zum Onanieren
beide Hände benutzen.
DB Die Barbara.

BVG
Bekleben verboten!
Niemand hat die Absicht, ein Plakat anzukleben.
Barbara.
SIEMENS

WE HAVE A LARGE VARIETY OF RAMONES
MERCHANDISE & SOUVENIRS AVAILABLE
All this...
Impossible
Without
David Hasselhoff.

Ich hatte einen Traum:
David Hasselhoff
flog in den Nahen Osten.
Dort performte er
„I've been looking for freedom“.
Dann lagen sich alle
Menschen in den Armen
und schworen sich ewigen
Frieden.
Barbara.

Nachts scheint
die Sonne
am schönsten.
Barbara.

AnLiebe
vorbei,
kein Weg geht.
Barbara.

Pächter
gesucht!
Anfragen richten Sie bitte an nachfolgende Telefonnummer:
06221 30[redacted]
MÖGE
DIE PACHT
MIT DIR SEIN.
BARBARA.

Hier bin ich richtig!
RASTA
Logistics
Barbara.
Hanfland

HARIBO MAHLT KNOCHEN KLEIN
UND MACHT GANZ VIEL ZUCKER REIN
HARIBO
AUFFALLEND GUT
FÜR ALLE BRANCHEN!

Widerrechtlich abgestellte Fahrzeuge
werden kostenpflichtig abgeschleppt
Widerlich formulierte Schilder
werden kostenlos abgeschraubt
Barbara.

Unsympathische
Partei - Fahrzeuge
werden kostenpflichtig
abgeschleppt
NPD
DIE VOLKSUNION
Unterwegs für deutsche Interessen
RAUS AUS DEM EURO
Wir wollen nicht Zahlmeister Europas sein!
Barbara.

Burschenschaft Vineta
Hallo, Burschen,
ich wollte euch
freundlich darauf
hinweisen, dass ich
heute Nacht gegen euer
Schild gepinkelt hab.
Für eine Frau ist das
gar nicht so einfach.
Barbara.

hat Vorhang
Barbara.

C
10:36
10:30
10
Mit dem
Quer-durch-alle-
Betten-Ticket.
Ein Tag – beliebig
viele Sexpartner.
Die Bahn macht mobil.
Die Barbara auch.

Das ist doch
an den Zügen
herbeigehaart.
Barbara.

i
SOS
Fahrscheine
Tickets
Geringverdiener benötigen kein Ticket und dürfen gratis mitfahren.
Barbara.
Bitte hier entwerten
Please validate here

Meine
Botschaften
beschleunigen
das
Waldsterben...
:-(
Barbara.

Wer will, der kriegt
unsere
kostenlose
Finanzierung
von 6 bis 33
Monatsraten.
MediaMarkt
Peter Zwegat
würde von dieser
Finanzierung abraten.
Barbara.

JCDecaux
Ein Meisterwerk
in drei Röstgraden.
NEU
Warum bekommen
die Kaffeebauern,
die dieses Meisterwerk
geschaffen haben,
kein meisterliches
Gehalt, sondern einen
menschenverachtenden
Hungerlohn?
Barbara.

Denken
verboten!
Just Google It
WTF is Barbara?
Google Search
I'm Feeling Lucky

Bekleben
verboten
Strafgesetzbuch § 303
Ich (k)lebe,
also bin ich.
Barbara.

MUT ZU DE
Einwanderung braucht klare Regeln.
Menschen, die nicht zwischen den Zeilen lesen können, sind Freiwild für Rechtspopulisten.
Barbara.

Ich fordere die AfD auf,
diese Umweltverschmutzung
umgehend zu beseitigen.
Was sollen denn die Zuwanderer
von uns halten, wenn die deutschen
Straßen so verdreckt sind.
Barbara.
MUT ZU DEUTSCHLAND
Ändern Sie nicht Ihre Meinung.
Ändern Sie die Politik!

ZUWAnDERunG
macht
DEUTSCHLand
BUnTER. ♥
BarBaRA.

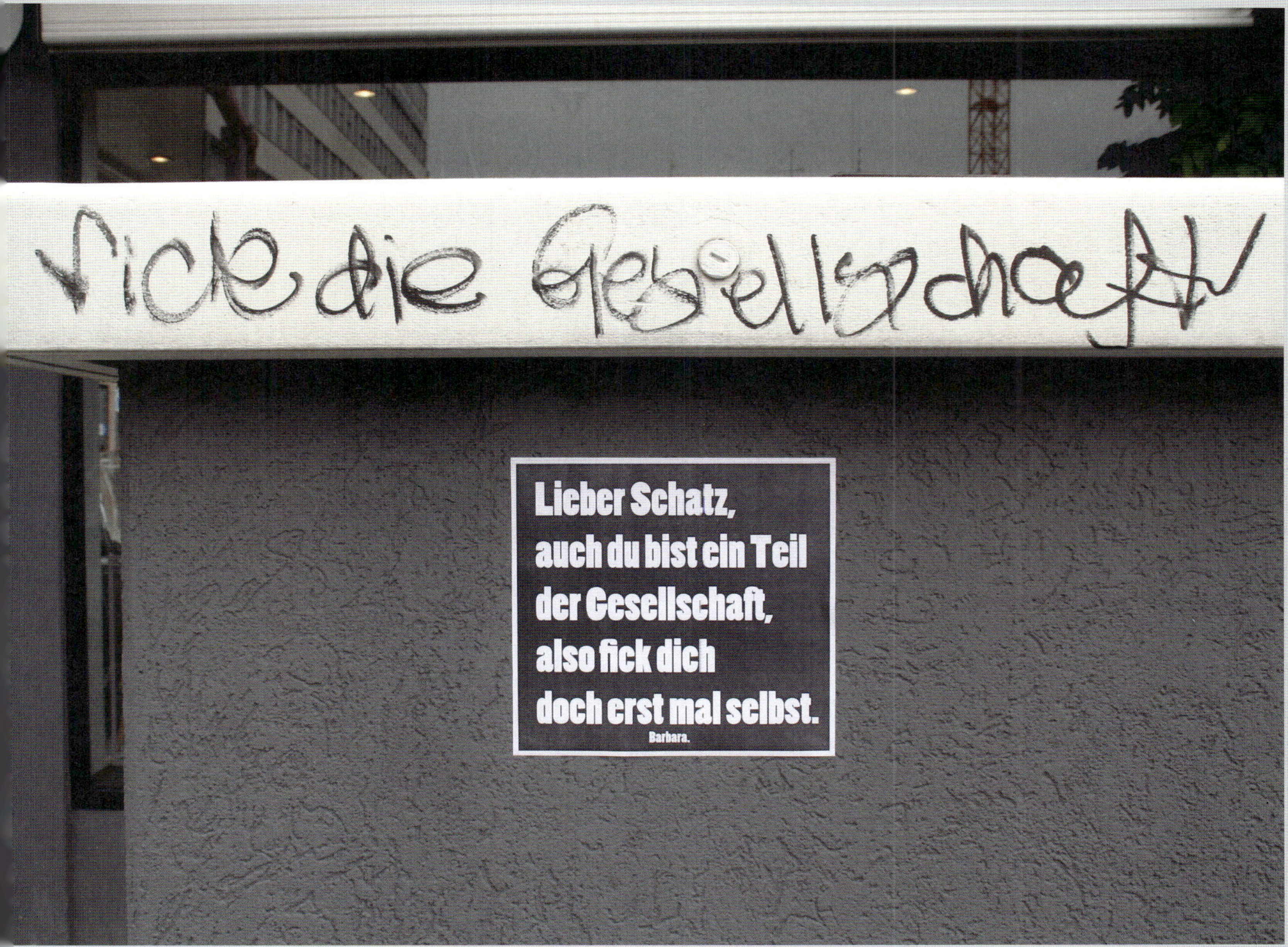
fick die Gesellschaft
Lieber Schatz,
auch du bist ein Teil
der Gesellschaft,
also fick dich
doch erst mal selbst.
Barbara.

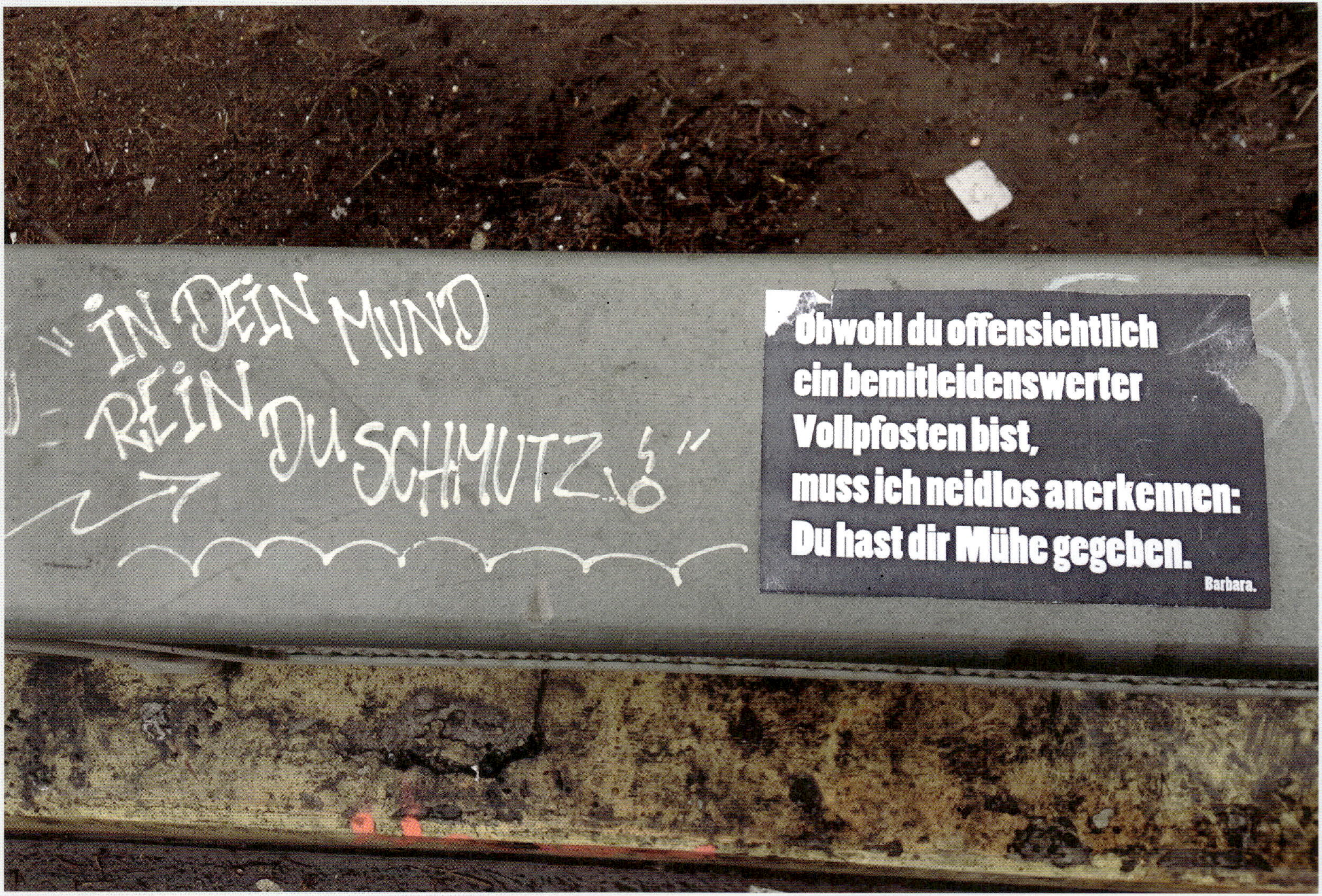
"IN DEIN MUND REIN DU SCHMUTZ"
Obwohl du offensichtlich
ein bemitleidenswerter
Vollpfosten bist,
muss ich neidlos anerkennen:
Du hast dir Mühe gegeben.
Barbara.

HA HA!
Barbara.

Armer Tropf, im Kopf nur Kresse,
schreist du lauthals LÜGENPRESSE,
schimpfst auf das Gutmenschentum
und treibst dich mit den Nazis rum.
Doch auch du musst akzeptieren,
Fremdenhass wird stets verlieren.
Barbara.

Gute Freunde
sind die, die trotz
Haarausfall
zu dir halten!
Barbara.

Es gibt
Schlimmeres
als
HAAR
STOP
PEL
an den
Beinen.
Barbara.

Erstmal
zu Penny
Aber nur, wenn
die Kassiererin
das Katzentanzlied
für mich singt.
Barbara.

Laute Nachbarn?
Grundsätzlich kein Problem.
Aber wenn die einen
miesen Musikgeschmack
haben, dann ist es die Hölle.
Eine atemlose Hölle.
Barbara.

Der Laubbläser ist
die Schwanzverlängerung
des faulen Sackes.
Barbara.

I DON'T KEHR-
WOCHE.
Barbara.

Landtag von
Baden-Württem
Das größte Imageproblem
der Schwaben
ist weder der Dialekt
noch die Kehrwoche,
sondern die unerträgliche
Seitenbacher Müsli-Werbung.
Barbara.

nur einen Wunschkredit
weit entfernt ist.
3,95 %
Die Bank an Ihrer Seite
KUMMER BANK
Die Bank mit Ihrem Geld
Kümmerliche Zinsen - Einfach zum Heulen.
Barbara.

Stephanie Lazarz
Deutsche Bank, Beratung Privatkunden
Edgar Görtz
Deutsche Bank, Beratung Firmenkunden
Komische Bank
0,0 %
Zinsen zum Totlachen.
Barbara.

VISA
ELECTRON
Cirrus
PLUS
electronic cash
Berliner,
die sehr gut
einparken können,
sind:
Berliner
Parkasse
Barbara.

Barbara.
The Pipeline of Love

Um über Schwulenwitze
lachen zu können,
muss man einen
Stock im Arsch haben.
Barbara.

Warum trägst du einen Rock, Peter?
Weil ich die herablassenden Blicke der Menschen nicht mehr ertrage, Klaus.
Barbara.
4c

Papa ist die Beste!
Barbara.
Wasser Nr
S 200
1,3

PLAKATE ANKLEBEN
VERBOTEN
Bitte sei mir nicht böse,
ich will doch nur spielen.
Barbara.

BUNDES
POLIZEI
"Bunte Polizei"
wäre mir lieber.
Barbara.

POLIZEI
Chabos wissen nicht,
wer die Babora ist.
Babora.

Ich hab nicht viel erreicht in meinem Leben, aber dass ich dieses Plakat aufgehängt habe, das kann mir keiner mehr nehmen.
Barbara.
POLIZEI

1,2
Polizei
3,4
GRENADIERSTRASSE
5,6
Sondey
Butterkeks
7,8 Gute Nacht
Barbara.
rnv
Liniennetzplan
Mannheim /
Ludwigshafen

PLAKATE
ANKLEBEN
VERBOTEN
Das respektiere
ich zu 100 %.
Aber wie hätte
ich dir das
mitteilen sollen,
ohne ein Plakat
hinzukleben?
Barbara.

Als Künstlerin bin ich
eine Wanderhure.
Ich liebe den Sex
mit all euren Gehirnen.
Barbara.

Led
Zeppelinstraße

Gehirn
einschalten!
Fremdenhass
ausschalten!
Barbara.

Das Mitgefühl für Flüchtlinge endet bei vielen Menschen genau an der Grenze ihres eigenen Stadtbezirkes.
Barbara.

Plakate ankleben verboten
Grundgesetz ankleben erlaubt?
GRUNDGESETZ
für die Bundesrepublik Deutschland
Bundeszentrale für politische Bildung
Barbara.

Wenn ich dieses Plakat
im falschen Moment
der Zeitgeschichte
hier hingeklebt hätte,
wäre ich erschossen worden.
Barbara.

ARAL
Alles super.
Alles sauber?
Barbara.

Diese Zapfsäule ist zur Zeit
leider außer Betrieb.
Bitte benutzen Sie auf keinen Fall
eine andere Zapfsäule.
Wir bitten um Ihr Verständnis,
die Zapfsäule ist sehr eifersüchtig.
Barbara.

Flirten verboten
Bei Nichtbeachtung
erfolgt kostenpfl.
Abschleppen
Barbara.

Tauben vögeln
verboten
Barbara.

Landwirt sucht
Geschlechts-
verkehr.
RTL
Barbara.

DIE KUH DIE LACHT
AUS LIEBE ZUM BURGER
WIR MACHEN
KEIN FINGERFOOD.
BEI UNS BRAUCHST DU
SCHON BEIDE HÄNDE.
Die Kuh hat sicher
nicht gelacht,
als sie für Burger
ward geschlacht.
Barbara.

Plakate
ankleben
verboten
Ich liebe
vielschichtigen
Humor.
Barbara.

Doch!
Über Kunst
lässt sich
nicht streiten.
Barbara.

Wenn zwei sich reiten,
freut sich der dritte.
#Porno
Barbara.

Kondomautomat
Benutzung nur für
kirchliche Zwecke
Barbara.

Jesus liebt Dich!
Jesus
hasst
Kreide

GEMISCHTE TÜTE 1,00€
Von gemischten Tüten
werde ich immer so müde.
Barbara.

Den Cannabis-
anBau bitte freigeben.
Barbara.

Ein- und
Ausfahrt
freihalten
Der Unterschied zwischen
EINFAHRT und AUSFAHRT
ist in etwa so groß
wie der Unterschied zwischen
CDU und SPD.
Barbara.

JUSTIZ
EIDELBERG
Deutschland ist ein Rechtsstaat.
Wer Geld hat, hat Recht.
Barbara.

Atmen bleibt
in Deutschland
bis auf Weiteres
erlaubt.
Und gratis.
Barbara.

Plakate anbringen verboten
Mein liebes Schild,
ich hab in letzter Zeit viel über uns beide nachgedacht.
Wir sind uns bisher immer nur als Gegner begegnet.
Ich denke, es ist an der Zeit, dass wir unser
Verhältnis auf eine neue Ebene heben und dass
wir versuchen sollten, das Positive in unserer
wechselseitigen Beziehung zu sehen.
Ich schätze Deinen unermüdlichen Einsatz
für Recht und Ordnung und hoffe auch
auf dein Verständnis für meine künstlerischen
Ambitionen.
Wenn wir ehrlich sind, wäre uns beiden doch
stinklangweilig, wenn wir einander nicht hätten.
Ich finde, unterm Strich passen wir doch prima
zusammen, und das wollte ich dir heute mal sagen.
Ich lass dir ganz viel Liebe da und freue mich
bereits jetzt auf unser nächstes Treffen.
Deine Barbara.

Eines Tages werde ich
mein letztes Plakat kleben.
Ich frage mich, welcher
Text darauf stehen wird.
Barbara.

Oldschool E-Mail
From Barbara with love.